www.ingramcontent.com/pod-product-compliance
Lightning Source LLC
Chambersburg PA
CBHW031138160726
47987CB00026B/1475

ميراث ولكن

نبض القمة للترجمة

جمهورية مصر العربية ــ القاهرة

مدير الدار: أ/ وليد عاطف حسني

موبايل: 01116058384

الميل: nabdalqima@gmail.com

جميع الحقوق محفوظة ©

لا يسمح بإعادة إصدار هذا الكتاب أو أي جزء منه أو تجزئته في نطاق استعمال المعلومات أو نقله بأي شكل من الأشكال المعروفة حاليا أو التي ترد مستقبلا دون إذن خطي مسبق من الناشر والمؤلف.

الآراء الواردة في هذا الكتاب لا تعبر بالضرورة على توجه دار نبض القمة للترجمة بل تعبر عن رأي المؤلف وتوجهه في المقام الأول وكل ما يحتويه الكتاب مسئولية المؤلف.

ميراث ولكن

مروة أمين

إهداء

إلى غائبتي الحاضرة دومًا (إلى أمي)

إليكِ غاليتي كل خطوة صغيرة في مشواري.

مقدمة

إلى من ظنَّ أنه مخلد فيها ، كيف حالك تحت التراب ؟

تنسدل ستائر الليل على الكون لتصاحبها السكينة ويرافقها الهدوء، تصمت الأصوات وتنخفت الأضواء ويسعد الجميع لوداع يومهم الحافل بالتعب والمشقة، وكعادة بيت الراعي دائما تأتيهم حلكة الليل لتظهر سواد القلوب.

تتعالى أصواتهم، ويرتفع صخبهم والنقاشات المحتدة اللي لا تنتهي، وبين كل ليلة وليلة يزداد التشاحن بينهم،

الكلمة الأولى تبدأ من صغير يحارب لحقه والأخيرة تأتيه من كبير ينهره:

متعليش صوتك وإنت بتكلم أخوك الكبير إنت فاهم ولا لا

قالها زيد وهو يمسك حاتم من تلابيبه والأخير ينفض نفسه ويكمل صرخاته

هو عشان الكبير تاكل ورثي وعايزني اتكتم.

رمقه زيد شزرًا وقال بغضب:

إنت عارف ياحاتم مشكلتك إيه ؟

إنت بتكدب الكدبة وتصدقها

حقك خدته كامل مكمل وضيعته وراجع بكل بجاحة تطلب بيه تاني!

انعقد حاجبي حاتم وهو يرد:

إنت ضحكت عليا وخلتني بعت نصيبي بخس ورجعت اشتريته

زفر زيد بضيق وهو يتذكر رعونة أخيه الصغير، ولولا تدخله في آخر لحظة لفقد نصف ممتلكاته وفقد حقه في إدارة شركته.

هز رأسه واقترب من أخيه مرة أخرى وهمس بأذنه بصرامة شديدة:

أديك اعترفت بنفسك استلمت نصيبك ورحت بعته لصاحبك الندل بخس، ولولا اني اتدخلت واشتريتهم كان زمان الشركة في إيد واحد ميعرفش حتى قيمتها.

إنت اللي سلطته يعمل كدا فيا وأنا عرفت كل حاجة ومش هسيبك لحد ماخد كل حقي منك يازيد وهتشوف والأيام هتوريك.

اخرس بقا كفاية تخريف وقلة قيمة أنا كان نفسي تطلع راجل وتقف معايا كتف بكتف ونكبر الشركة لكن للأسف

طلعت فاشل وتافه فرحت بكام مليون وخلصتهم على مشاريع غبية وجاي دلوقتي تطلب نصيبك تاني بأي حق؟

رد حاتم بغضب:

أنا مش عايز أسهم الشركة أنا عايز الفرق فرق السعر اللي اشتريت بيه أنا بعتهم بعشرة مليون وإنت اشتريتهم بعشرين وإنت عارف كويس إن حقهم فوق الأربعين.

فقد زيد قدرته على كبت ضحكته فأطلقها ساخرة ورد قائلا:

يعني لو كان ابن الهادي رفض يبيع كنت هتروح تقوله هاتلي الباقي ؟

إنت يوم مفرطت في حقك فقدت حقك في المطالبة بيه ياحاتم بيه واتفضل اطلع لمراتك لو سمحت وياريت بكرة متتأخرش عالشغل كالعادة ومتنساش إنك في الشركة موظف زي أي موظف.

ابتعد حاتم قليلا ورفع وجهه ليجد من تقف ويصلها الحديث كاملا فطعنها بلسان مسنون وقال:

طول ما إنت واكل حقي ومرتاح كدا ربنا عمره مهيديلك الطفل اللي بتحلم إنت ومراتك، وفلوسك كلها هترجعلي أو هترجع لعيالي في يوم من الأيام.

أنهى كلماته الحادة وصعد مسرعًا يهرب من بطش
أخيه، واصطدم بها وهي متجمدة في مكانها أعلى الدرج
وجهها شاحب ومظاهر الصدمة احتلت ملامح وجهها،
وبحركة غريزية مدت يدها تتحسس تجويف بطنها وتدعو
ربها أن تكتمل فرحتها.

***

اقتربت تتمايل بدلال غير معتاد يشع وجهها نور
وملامحها تتنبض بسعادة ممتزجة بقلق لا يفهمه،

جذبها من خصرها يقربها منه، رفع حاجبًا وأنزل الآخر
وتساءل:

في حاجة غريبة النهاردة مش عارف إيه هي!

اقتربت من أذنه تهمس:

في حاجة بقالنا سبع سنين منتظرينها حصلت

أنهت حديثها وهي تبتعد عنه قليلا وتشير إلى موضع
جنينها

انفرجت شفتاه وجحظت عيونه رغمًا عنه دار حولها
غير مصدق، جذبها يحتضنها بقوة وأبعدها خائفا، دار

حولها مرة أخرى ولسانه يبعثر الحروف، وانتهى المشهد بسجدة شاكرة لربه ودمعة فرح سقطت على وجنتيه.

كفكفت دموعها وافترشت الأرض جواره، مدت يدها تلامس وجهه

وقالت بنبرة راجية:

أنا عايزة ربنا يباركلنا في البيبي

صمتت قليلا تجمع الحديث داخلها

فرمقها بدهشة وقال:

شمس! انتِ شايفاني ظلمت أخويا ؟

هزت رأسها بسرعة نافية وقالت بحسم قاطع:

لا يا زيدأنا عمري مفكرت كدا بس إنت مضيقها عليهم بجد مبيمسكش غير مرتبه زي أي موظف وعنده عيال طلباتهم حقيقي بتوجع قلبي

أطلق من صدره تنهيدة وقال:

أنا عارف إنه شايفني ظالم بس لو فكر هيفهم إني خايف عليه

لو إديته فلوس بالساهل كدا هيضيعها زي ميضيع الفلوس اللي خدها

أنا ممكن أديله فعلا بس يكون عرف قيمتها ويزودها ويحافظ عليها يتعب شوية في الشركة ويعرف إن الفلوس مش بتيجي من الهوا وبعدين مرتبه مكفي عيلة كاملة بالأكل والشرب والإيجار كمان هو كل دا مش عليه.

أطرقت رأسها أرضا فاستطرد وهو يرفعها لينعم بالنظر داخل عسل عينيها الصافي وقال بحنان:

أنا عارف إن أختك صعبانة عليكي بس صدقيني دا درس ليها هي كمان ولا انتِ ناسية لما الفلوس جات لجوزها عملت إيه فضلت ترمي فيهم يمين وشمال وتشتري وترمي لحد مخلصوهم في سنتين بالظبط وكل منكلمهم يقولوا براحتنا وآخرتها دخلوا في مشروع عيل صغير ميعملوش وخسروا كل اللي باقي طيب دلوقتي يتحملوا غلطهم.

قبلت باطن يده وقالت متوسلة:

طب عشان خاطري متسيبهمش وقت طويل كدا

ابتسم قائلا:

بزمتك دا وقت يتقال فيه كدا ؟

رفعت حاجبها متسائلة:

أمال إيه

غمزها مازحًا وقال: ميتقالش فيه أي حاجة

وصمت ليغمرها بشوق لا ينضب من قلبه..

***

حين يندهش الشيطان، اعلم أن امرأة غيور تخطط لتشعل نار باردة بقلب غريمتها تكويها من الداخل ولا تظهر آثارها.

جذبته من ظهره بعد أن تخطاها عامدًا بوجه مكفهر مرسوم الغضب عليه بريشة فنان، زمت شفتيها بضيق وقالت:

أنا سمعت كل كلامكم واضح إن أخوك مش ناوي يديلك حاجة.

أبعد جسده عنها ورد بضيق:

بالظبط كدا وعلينا دلوقتي نعيش بالكام مليم اللي بقبضهم ومتتكلميش معايا في الموضوع دا تاني

غمزت بخباثة وقالت:

صدقني دي مسألة وقت أختي هتأثر عليه أنا عارفاها كويس. صمتت قليلا وفي داخلها(تقول هبلة طول عمرها بس محظوظة)

تنهدت بحسرة وقالت عموما في موضوع تاني عايزة أعرفوهولك،

هز رأسه باستفهام فقالت:

أنا حامل

زفر بضيق وقال:

تااااني هو أنتِ مش شايفة القرف اللي احنا فيه ؟

تغضنت ملامحها بغضب وقالت:

هو انت مش عاوزنا نبقا أحسن منهم في حاجة خالص
خليني أكيدهم شوية

ومشت أمامه بالغرفة متخصرة باليمني ويسراها تسند
ظهرها وتقول:

أما أشوف وشهم وانا بقولهم الخبر دا بكرا عالفطار

استدارت له مسرعة بعد أن عدلت من حركتها وقالت
بنبرة آمرة:

وتعمل نفسك متفاجيء وطاير من السعادة كمان

_طب نامي ياشهد وسيبيني في حالي دلوقتي.

عبست وتأففت حدجته غاضبة وقالت:

إنت زعلان عشانهم صح ؟

تنهد بحزن وقال:

مكنش ينفع أقول كدا لأخويا مينفعش أعايره بقلة الولاد.

تبدلت نبرتها لأخرى مشتعلة بالغيظ:

يعني هو كان ينفع ياكل حقك يروح يعمل صفقة على حسابك ويستغل إنك جديد في الشغل دا ؟

خلاص ياشهد بجد خلاص اسكتي دلوقتي.

لا هتعمل اللي أنا عايزاه ياحاتم ومش هسيبك تضيع فرحتي بغيظتهم، وأقولك كمان أنا هعزم كل العيلة عالغدا وأعرفهم قدامهم عشان تولع أكتر.

وجد أن الحديث لا يجدي فآثر الصمت واتخذ موضعًا يريحه بالفراش وتركها مع شياطين أفكارها تخطط بهم ولهم.

***

على غير العادة استيقظ قبلها رمقها مطولا وابتسم، داعب وجهها بأنامله وقال:

بدأنا الدلع مش كدا!

ابتسمت ويدها تتحرك بخفة تتحضن جنينها والسعادة أضفت بريقًا على وجهها وقالت:

حقي مش كدا

قبل وجنتها وقال:

طبعًا حقك بس أعمل إيه بتوه من غيرك معرفش هلبس إيه ولا هفطر إزاي ولا أقدر أروح الشغل من غير دعوتك الحلوة.

اعتدلت واستقامت من جلستها بخفة وقالت بنبرة آسفة:

خلاص ياحبيبي حقك عليا أنا صحيت أهو ساعدته في اختيار ملابسة، وارتدت ملابسها وحاوطها بذراعه ليخرج معها من الغرفة.

قابلتهم شهد ترمقهم بنظرات حاقدة، اقتربت وقالت لشمس بنبرة متشفية لم تفهمها الأخيرة:

هنعمل عزومة لأهلنا كلهم النهاردة في خبر عايزة أقوله قدام الكل.

تغضن جبين شمس بدهشة وتساءلت خبر إيه:

اقترب زيد من أذن زوجته وقال:

متقفيش في المطبخ دقيقة واحدة الطباخ يعمل الأكل كله لوحده أو هي تقف معاه.

أومأت برأسها موافقة وأهدته بسمة رائقة مختلطة بدهشة من حديث أختها وتذكرت أمرًا فردت على أختها قائلة:

تصدقي فكرة حلوة جدا أنا كمان عندي مفاجأة هقولها للكل مرة واحدة بقا.

تنهدت بحزن واستطردت:

ياريت ماما كانت موجودة هي كمان.

وكأنها سكبت دلو من الماء البارد على رأس شهد وتحركت خلف زوجها تاركة للأخرى مزيج من الحيرة والقلق تتخبط بينهم.

***

انبعثت روائح الطعام الشهية وازداد البيت بهجة انتشرت الورود الجميلة وسعادة غريبة تنبعث رائحتها في الأنحاء

تراقب شهد من بعيد وتنتظر اللحظة المناسبة لتضرب بسعادة أختها الغير مفهومة عرض الحائط،

اجتمع الجميع وفي منتصف الطعام استوقفتهم شهد قائلة:

دلوقتي جه معاد المفاجأة الحلوة، هتزيد عيلتنا الجميلة فرد كمان

ردت شمس بتلقائية مصحوبة بالدهشة:

عرفتي إزاي إني حامل ؟!

تعالت المباركات، واجتمع الجميع حول شمس يباركون حملها بسعادة لا توصف، وفي زاوية المشهد أمسكت شهد رأسها ؛تحاول السيطرة على الدوار الذي فاجئها بعد أن وجدت كل ما خططت له هباءً وتناساها الجمع الغفير، وتحلقوا حول أختها الكبرى يرسلون من قلوبهم كل التهاني، تاركين تلك التي جمعتهم لتتلقي نتائج ما ظنته انتصارها على أكثر من تحقد عليها ؛فما تلقت سوى مرارة في حلقها وغصة ألهبت جوفها.

***

زرعت غرفتها ذهابًا وإيابًا، والشرر ينطلق من عيونها وقلبها المشتعل يصرخ بالكمد والغيظ،

رمقها بنظرة باحثة، يحاول فك شفرة عقلها، وقال:

ها ياشهد بتفكري في إيه تاني تضايقيهم بيه!؟

تنهدت وقالت:

إنت بجد مش فاهم ؟! احنا ضعنا ياحاتم ضعنا بجد عارف لو خلفت ولد هيبقا مصيرنا إيه ؟ الشارع ياحبيبي

تغضن جبينه بغضب وقال:

هو إنت بتتكلمي كدا كأن زيد مات ليه ؟

سحبت نفسا طويلا وقالت:

أخوك مش صغير هيعيش كام سنة يعني ؟

تسلل الضيق لنفسه ورد قائلا:

أنا حقيقي بقيت مش عارف نفسي أنا قاعد مستني أخويا يموت عشان أورثه!؟

قاطعته قائلة:

عشان تاخد حقك اللي كله عليك مش عشان تورثه.

زفر يخرج مايضيق صدره:

والحل إيه دلوقتي

الحل عندك إنت .

أشار لنفسه وتساءل:

عندي ؟ تقصدي إيه .

أقصد إنك تشوف طريقة تحاول بيها تاني مع أخوك ؟ منفعش معاه الشدة جرب باللين حسسه إنك فرحت بخبر حمل مراته وإنك اتغيرت وعايز تعمل اللي هو عاوزه .

تفحصها قليلا وقال:

وبعدين أما يعرف إني فرحان هتفرق إيه ؟

ـ مش هيصدق أصلا بعد كلامك ليه بس عالأقل توريه إنك هتشتغل معاه زي مهو نفسه من زمان وساعتها مش هيفكر إنك هتدور على طريق تاني تاخد بيه فلوسك منه ويمكن كمان يرجعلك فلوسك قبل متبقا ورث للي جاي

تنهد بضيق وقال:

طب لو مرجعهاش ؟

يبقى مفيش حد هيورث غيرنا .

تغضن جبينه بدهشة قائلًا:

قصدك إيه ياشهد هتسقطي أختك ؟

ابتلعت ريقها المسموم وقالت:

اصبر نعرف نوعه إيه يمكن يكون بنت وتبقا جات من عند ربنا.

انقبض صدره قلقًا فخطة زوجته هذه المرة مرعبة إلى حد لم يتوقع أن تصل إليه يوما ما

-بس دي ممكن تكون آخر فرصة لأختك ياشهد لا هي صغيرة ولا أخويا صغير.

تنهدت بضيق وقالت:

مهي اللي فضلت طول عمرها رافضة تتجوز وموافقتش غير لما أنا اتجوزتك، حبت تقهرني وتتجوز أخوك الكبير عشان تحسسني إنها أهم مني وأحسن مني زي مبتعمل طول عمرها.

أصابه حديثها بدهشة أصبحت معتادة لديه فتركها ترغي وتزبد وأخذ من فراشه ملجأ يهرب من فرط التفكير إليه.

***

تثاءبت والحمل يرهق جسدها النحيل، وركلات الجنين لم تدعها تنعم بقليل من الراحة، احتضنته وهو داخلها تشتاق ليوم تحمله في حضنها،

أهداها بسمة راضية تخبرها بسعادته التي لا توصف،

اقترب من رأسها يقبله وقال:

صحيتي ليه ياشموسة دلوقتي مش قلتلك ارتاحي انتِ وأنا هختار اللبس لوحدي

مطت شفتيها بتذمر وقالت:

يعني خلاص استغنيت عن خدماتي!

احتضنها وهو يساعدها على الوقوف وقال:

مقدرش أستغنى عنك أبدا بس أنا حاسس بيكي طول الليل مش عارفة تنامي.

ابتسمت ووجهها يتجوه لطفلها وردت:

على قلبي زي العسل، يشرف بس البيه اللي تعبنا معاه دا وهيشوف هدلعه إزاي

قاطعها صارخًا وقال:

لاا كفاية عليا الدلع اللي فسد أخويا، إبني دا لازم يتربى عالأصول والقيم وعلى

قاطعته يدها على فمه وهي تقول:

بالراحة بالراحة مش معنى إني هدلعه وهو بيبي إنه مش هيتربى متقلقش.

تنهد براحة وقال وهو يقبل يدها:

أنا واثق فيكي ياحبيبتي يلا ارتاحي شوية بقا وأنا بجد خلاص عرفت هلبس إيه.

أومأت برأسها ورفضت معاندته، فهي تشعر بإحتياج غريب للنوم.

***

انتهى اليوم وتلاه العديد من الأيام اقترب موعد اللقاء

وهناك من جلس يعد خططًا تبهر الشيطان

لو أعرف بس هتعملي إيه بالبتاعة الغريبة دي!!

قالها حاتم وهو يحمل في يده قطعة دائرية من (السليكون) تشبه انتفاخ بطن الحامل

خطفتها من يده وذهبت تخفيها وهي تقول: لو قعدت مية سنة مش هتفهم حاجة اسكت بس عشان أنا مظبطة كل حاجة

راقبها بشك وقال بتنبيه حاد اللهجة:

اعملي اللي تعمليه المهم شرك ميوصلش للموت أنا قلتلك قبل كدا وهقولها تاني أنا ماصدقت أخويا وثق فيا ووافق يرجعلي الفلوس وبعدين هو دا كان هدفنا ومش عايزين غيرهم للمشروع اللي عايزينه.

التفتت له بغيظ وقالت:

هي الفلوس دي حاجة في اللي عند أخوك! طب دا أنا سامعاه بيتكلم إن الشركة حققت أرباح فوق الخمسين مليون السنة اللي فاتت الرقم دا عمرنا مشفناه قبل كدا، ولا عشان

إنت مبقاش ليك فيها حاجة ظهر اللي كان بيتخبى أول بأول ؟

وقف قبالتها يجذبها بعنف غير مبالي بانتفاخ بطنها الواضح وقال بنبرة غاضبة:

تقصدي أخويا كان بيسرقني ؟

سحبت نفسها من سطوة يده عليها وقالت:

والله شوف إنت بقا إنت بعت الشركة أصلا عشان المفروض إنها كانت خسرانة، وفجأة كدا أخوك طلع فلوس معرفش منين ورجع اشتراها، ودلوقتي الخسرانة بقت بقدرة قادر كسبانة، عالعموم أنا خلاص عارفة هعمل إيه أهي فلوسك دي تعيشنا مرتاحين لحد ميجي الفرج من عند ربنا ونورث.

تنهد بضيق وقال:

قلتلك مش هتموتي البيبي على جثتي تقربي من طفل ملوش دخل في القرف اللي احنا فيه دا كله.

رفعت حاجبها باستخفاف وقالت بنبرة ساخرة:

متخافش ياأبو قلب رهيف مش هموته

وروح بقا صحي عيالك عشان عندهم تمرين كمان ساعة

***

تتوالى الأيام تمر مسرعة والجميع في حالة من البهجة

فات الكتير مش فاضل غير القليل.:

قالتها وهي تحتضن ملابس صغيرها والشوق يغلب قلبها

قلبت فيهم مرارًا وتكرارًا وكأنها ترى صغيرها يرتديهم تشعر برائحته تُخلخل داخل روحها، تزيد لهيب شوقها وتعطشها لرؤيته.

وقف زيد يتابعها وعيونه تضحك وقلبه يخبره أن هناك شيء سيحدث لا يعرف ماهيته لكنه يرعبه،

يحمل بيده ظرف مغلق كتبت عبارة فوقه لامست روحه وحيرة غريبة تجتاحه، اقترب منها بخطوات خفيفة وجلس أمامها يراقب سعادتها وقال بنبرة متسائلة:

حاسة إنك كويسة صح ؟

هزت رأسها بالإيجاب وقالت بشيء من القلق:

أنا كويسة والبيبي كمان كويس جدا إنت قلقان من حاجة ؟!

نفى مسرعًا قبل أن يثير الشك بداخلها وقال وهو يشير للظرف المغلق:

النهاردة حاتم جابلي هدية لأول مرة في حياته

لمحت العبارة فوقه وابتسمت وهي تقرأها بصوت عالي:

مكة تشتاق لك!

ابتسم لنبرة شوقها هي الأخرى وقال:

مصمم إن أول رحلة من شركة السياحة بتاعته لمكة أكون فيها وأنا خايف أسيبك دلوقتي.

أمسكت يده وقالت:

لا مينفعش دي حاجة متترفضش الحج كله كام يوم وترجعلنا، ومتخافش هنستناك مش هيجي قبل متيجي من السفر بالسلامة.

شد على يدها يحتضنها وقال:

يعني هتاخدي بالك من نفسك بجد ؟

قالت بتأكيد:

متخافش حاتم وشهد هنا معايا مش هيحصلي أي حاجة ادعيلنا بس كتير.

قامت من مكانها بسعادة:

هحضرلك شنطتك من دلوقتي.

بس اعمل حسابك السنة الجاية هنروح أنا وإنت والبيبي كمان نحج ونشكر ربنا.

قبل رأسها وقال: عيوني ليكم وللبيبي اللي مش عارفين نستقر على اسم ليه لحد دلوقتي دا.

ابتسمت وهي ترد بمراوغة كالعادة:

متخافش هيسمي نفسه بنفسه.

***

أصبحت غرفته ثقيلة على قلبه يدخلها، وأقدامه مسلسلة ويده مغلولة إلى عنقه، يتمني لو فهم خطة زوجته يتمنى لو فهم إصرارها على ارسال أخيه بتلك الأيام، ومع اقتراب موعد ولاده طفله الوحيد!

وجدها نائمة فحمد الله على الفرار من سموم أفكارها، وتوجه للحمام ليبرد اشتعال جسده بقليل من الماء،

وما أن انتهى حتى وجدها استيقظت وتنتظره لتبدأ بالتحقيق كما يجب أن يكون، وحين علمت بقبول أخيه للهدية لم تسع الدنيا لسعادتها، واقتربت من خزانة الملابس

تخرج زجاجة غريبة الشكل وهي تقول دلوقتي قربت الخطة تكمل

قاطعها بضجر قائلا:

مفيش خطط هتكمل غير أما أعرفها.

وأفهم كل حاجة

ابتسمت وهي تبتلع القليل من الدواء وقالت:

متخافش دا مش حاجة وحشة دي خلطة تسرع الولادة عايزة أساعدها ومجرد ما أخوك يمشي تروح هي تولد وأهو خدت منه قدامك، اقتربت بدلال مفرط وطوقته بيديها وأردفت:تفتكر يعني هإذي بنتنا!

بعد سفر زيد بساعات قليلة كانت شمس قد أكملت شرب العصير الذي أعدته لها أختها مدعية الحب، ارتقت الدرج لغرفتها وعلى حين غرة هاجمها ألم مباغت به في كل أنحاء جسدها؛ احتضنت بطنها المنتفخة وتمسكت بصعوبة بالغة بالدرج وصرخت من أعماقها صرخة رجت أنحاء المنزل،

اقتربت شهد منها وهي تمثل الدهشة تحاول طمأنتها وتنادي زوجها بلهفة قائلة:

الحقنا ياحاتم بسرعة شمس بتولد

تتمسك شمس بيدها بكل مايمكنها من قوة حتى خارت قواها وسقطت تاركة مصير جنينها بين يدي الشياطين.

أسرع كل من حاتم وشهد بها إلى المشفى لتذهب إلى وكر آخر من أوكار إبليس

وقفت شهد أمام غرفة الولادة وهمست للطبيبة تذكرها بدورها،

هتولديها وتديها منوم متصحاش دلوقتي خالص لحد مقولك إمتى تصحيها.

تلعثمت الطبيبة قليلا بتوتر تحاول أن تتملص من وعدها المسموم فنهرتها شهد قائلة:

مش وقت رجوع يادكتورة أنا مصورة كلامنا اللي فات ومصوراكي مع أول دفعة للفلوس

اتسع بؤبؤ عين الطبيبة بهلع وقالت: أ

لا لا متقلقيش أنا هعمل اللي اتفقنا عليه.

أيوا كدا الله ينور عليكي أهو أنتِ تفتحي عيادتك مرتاح وأنا آخد اللي أنا عاوزاه.

اعملي حسابك تولديني بعدها علطول.

انتهت عملية شمس بنجاح وصوت الصغير يدوي في أنحاء الغرفة، تسمعه شمس ويشعرها بسعادة عارمة تحاول فتح عيونها لكي تراه ولا تقدر فتستلم لسبات عميق لا تعلم متى تخرج منه.

اكتمل نصف المخطط والثاني هناك حيث ترقد شهد ومعها حقيبة غريبة المحتويات،

تساءل حاتم بدهشة:

طب عرفنا عملتي إيه بالدوا اللي كان هيموت أختك والبطن السليكون دي هتعملي بيها إيه؟

أطلقت ضحكة عالية وقالت وهي تشير إلى بطنها، هولد دلوقتي وبطني هتختفي ومش ضامنة دماغ أخوك بصراحة فهفضل عاملة نفسي حامل لسة بالبطن دي وأشيل البنت وأوريهاله جمب مراته فيتأكد إنها هي اللي ولدتها وأنا لسة مولدتش وبعدها أعمل إني ولدت وجبت الولد وأهو كدا نضمن إن لينا لسة في الميراث ويفرحوا هما بالبنت وكدا كدا أنا تعبت تربية وقرف وهي اللي هتعمل نبع الحنان وهتربي الإتنين يعني مش هبقا حرمتها من حاجة وخدت حقنا منهم.

قاطعها قائلا بغضب:

طب ما حنا خدناه خلاص

استنكرت حديثه وردت بتأفف:

هنرجع للموال دا تاني شكلك اتعودت عالذل من أخوك، بقولك إيه أهم حاجة دلوقتي تركز كدا وكل ما أخوك يتصل يسأل على اسم المستشفى تقفل الخط وتفهمه إنك مش سامع وهي مكالمة واحدة اللي ترد عليه فيها، أحسن يتصل ببابا ويجي يدور علينا ويكشف حاجة وياريت متعيدش الكلام البايخ اللي قلته من شوية دا

بتر حديثهم دخول الممرضة لتخبرها أن الغرفة جُهِزَت من أجل ولادتها؛ فتحركت معها وهي ترمقه بنظرات تحذيرية لا تحتمل حتى المناقشة.

استسلم لفكرها الممسوس كالعادة وصمت ليسلب حق لا يملكه.

***

مر العام والوعد واجب تنفيذه،

اصطحبهم في رحلة لقضاء مناسك الحج يحمل الصغيرة ويجاور زوجته وأمامهم بيت الله الحرام في مشهد يخطف الأنفاس دموع شمس تنهمر ومشاعر داخلها مضطربة بين خوف من الله وخشوع وسعادة لوجودها بأطهر بقاع الأرض،

والصغيرة التي أسمتها أمها(مكة) تداعب وجه أبيها لتسرق قلبه ويزداد تعلقه بها أكثر وأكثر

وبعد أن انتهى من الحج وفي طريق العودة فاجأته الصغيرة بأول كلمة تخرج من فمها مملوءة بالكثير من البراءة والحب:

با با

التمعت عيونه بحب وقال لشمس بتساؤل:

سمعتي ؟ قالت بابا

احتضنتها شمس وهي تقول بمزاح: الندلة أنا اللي تعبت فيها وفي الآخر أول كلمة تكون بابا ؟

دا أنا شفت الموت وأنا بولدها،

انفلتت منه تنهيدة وتذكر رعبه عليها حين علم أنها تلد وأخبروه أنها فاقدة لوعيها تماما، نفض الذكرى المرعبة عن رأسه وحمد الله على سلامتهم،

احتضنها بمشاكسة وهو يقول أصلها عارفة إنها حبيبة بابا،

وضعت شمس رأسها على كتفه وتساءلت قائلة:

هو إنت زعلت لما عرفت إنها بنت مش ولد ؟

انتفض زيد يبتعد عنها لينظر داخل عيونها

ورد بضيق:

إنتِ عمرك حسيتي إني متضايق إنها بنت ؟

هزت رأسها نافية وهي تقول:

لا الصراحة بس يعني كل الرجالة بتحب الولاد

قاطعها وقال:

كل الرجالة العاقلة بتحب اللي ربنا يهاديهم بيه ومتقوليش كدا تاني عشان مزعلش منك بجد.

وانتهى الحديث بكل مودة ورضا وغبطة أضافتها مكة بنومها الملائكي في أحضان والدها، والذي أراحهم كثيرًا

وجنبهم الكثير من صرخات الخوف مع هبوط الطائرة بهم لأرض المطار.

وحين وصلوا للمنزل وجدوا أن عالمهم كله على وشك الإنهيار

سيارة الإسعاف اصطفت أمام الباب وصوت صراخ شهد يملأ المكان والمطافي تحاول اخماد حريق ضخم يبتلع البيت لم ينجوا منه سوى إثنان،

شهد والصغير ذو العام الذي كان برفقتها في الخارج في صدفة نادرة الحدوث، فهي لم تهتم من قبل بالخروج برفقته ولكنه حمى أصابت جسده الصغير فخافت أن ينقل العدوى لأطفالها وذهبت به إلى المشفي.

أسرعت شمس تحتضن أختها تحاول التخفيف عنها وهي ترى أسرتها تخرج من المنزل في أكياس سوداء ولم يبقى لها منهم أحد، جن جنونها وظلت تصرخ بانهيار، أبعدت أختها عنها، واقتربت بعيون محمرة من الصغير تطبق على رقبته والأخير فزع ؛وأخذ في البكاء بهستيرية وهي تردد:

كان لازم إنت اللي تموت مش هما إنت مش ابني هما اللي ماتوا وإنت تعيش ليه أبعدها زيد عنه بسرعة ورفعه، يحتضنه يحاول تهدئته وحمله جوار صغيرته،

ولولا حمله للصغيرين لسقط بالأرض وخارت قواه بعد ما رآه من مشهد يشيب له الوليد لا يقوي على فعل أي شيء سوى احتضان الصغار ويتابع حديث زوجه أخيه

وهي تكمل بجنون وتلطم وجهها بشدة :

شمس اللي كسبت بردو زي كل مرة بدلت وادتها البنت وخدت ابنها والآخر عيالي كلهم يموتوا وابنها اللي يفضل عايش!

اقتربت شمس وهي تصرخ فيها بعدم تصديق:

إنتِ بتقولي إيه ياشهد بتقولي إيه بدلتي إزاي

اعترفت بكل ما اقترفته وهي تضحك وتمثل ماحدث وتدور وهي تشير على بطنها وتخبرها كيف خدعتها وجعلتها تظن أنها لم تلد بعد،

وتصرخ بجنون وترفض ماحدث لأولادها وتشير إلى الصغير وتقول: كان دا اللي لازم يموت مش عيالي وجوزي،

وزيد للمرة الأولى يجد نفسه في عجز تام، وقد أصبح الأمر بيد الله وحده وأصبح أب لطفلين لا ذنب لهم في الحياة سوى أنهما ضحية للطمع والجشع والبحث عن الميراث.

بينما شمس وجدت نفسها تصفع أختها بالقلم علها تستفيق من جنانها وتخبرها أن ماتقوله كذب وصرخت بها بانهيار:

قولي إنك بتكدبي واللي بتقوليه دا مش حقيقي ياشهد.

أبعدت شهد يدها وقالت بحزم:

أنا مش شهد أنا من النهاردة شمس عشان شمس اللي، دايما بتكسب خدي البنت والولد وأنا هاخد شمس بس أنا اسمي شمس، وصرخت مكملة:

محدش يقولي شهد ومشت في الطريق تحادث نفسها فاقدة لكل ماتبقى من قواها العقلية توقف الجميع لتخبرهم بأنها حاولت تبديل ابنتها مع ابن شقيقتها من أجل الميراث فخسرت هي وربحت شقيقتها وتخبرهم بأنها هي شقيقتها.

تمت بحمد الله

رسالة شكر

عائلتي الكبيرة،أبي، أختي، وأخي

دمتم لي خير داعم وخير سند ولكم مني كل الحب والتقدير.

عائلتي الصغيرة

زوجي، ابنتي وابني

جعلكم الله دومًا نورًا ينير عتمة أيامي لولا حبكم وفخركم بي ماكنت استمريت.

صديقة الدرب الجميلة يمنى محمد شكرا لدعمك المستمر وإيمانك القاطع بقلمي.

مروة أمين